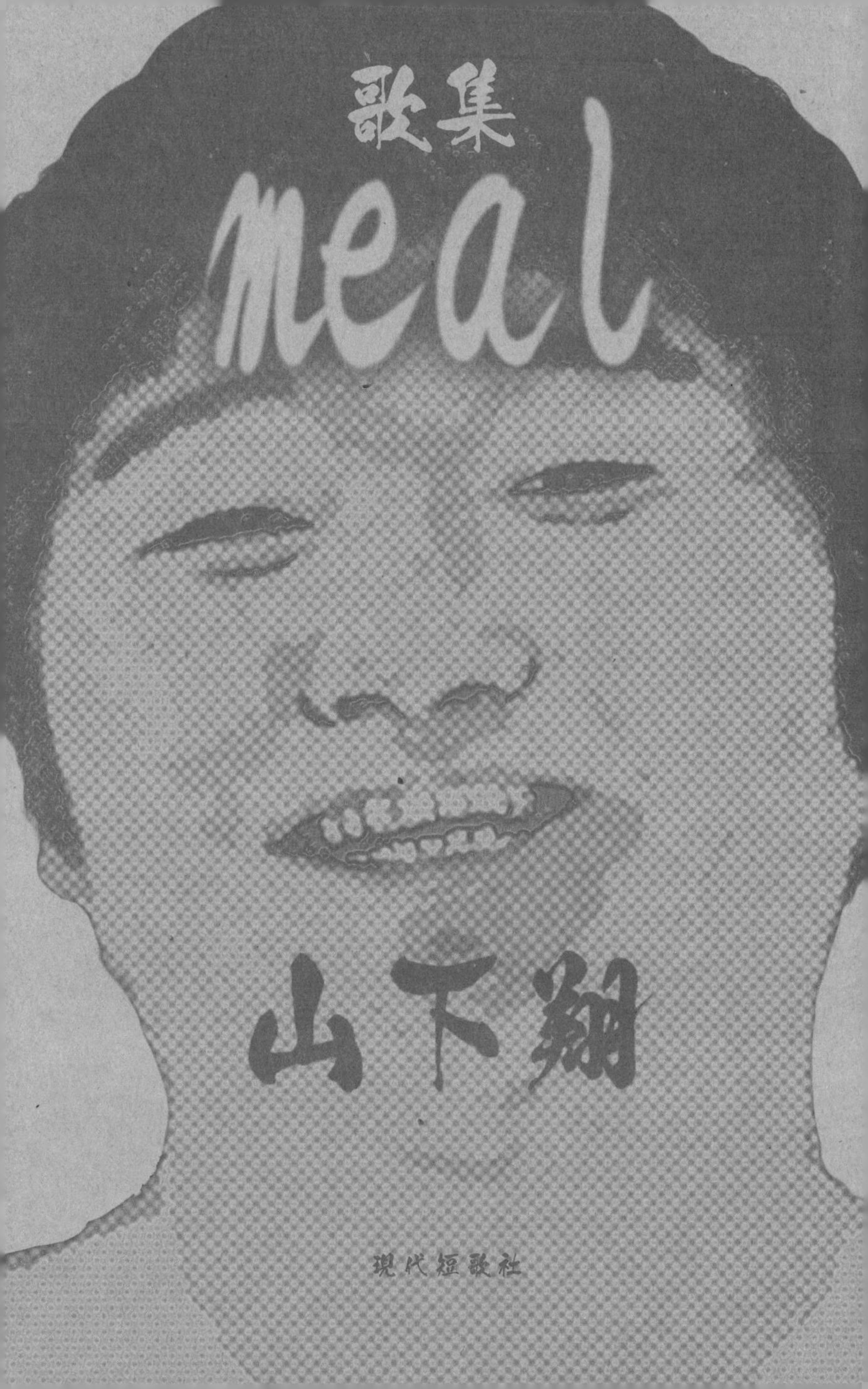
歌集
meal
山下翔
現代短歌社

目次

meal

I

つま

きみが手にからだあづけて眠りゐるみどりご
あはき今朝のはつゆき

きみの児の生れたる朝のかがやきや君のよこがほをわれもよろこぶ

みどりごの頭《かうべ》は垂れてきみが手に生れたる力あはれあたらし

さみしさはきみがとほくへ行くやうで妻と児と連れ立つてとほくへ

きみの時間に父の時間の加はりてわれはいつ会ふ次はいつ会ふ

三段ボックス組み立てむとして十二本捩子を
締めたり手はぬくもりぬ

捩子といふにも雄、雌の別あることのその比
喩のことにがく思ふも

母が撮りたる写真かみどりごのわれのうつり
しものが空き箱にひとつ

目を閉ぢてひかりのかさをおしはかる冬は午
睡の入りのやすけさ

バスセンターの暗がり抜けてバスは発つ冬陽
おほいなる窓ゆ入りつつ

迷ひて言はざることばおほきをとかしゆく時
間これからもつと要るべし

土手に細い舗装路のびてゆく人なし向かうから母が来るごと遠き

地図は持たずに通ひかさねたる熊本の少しづつおぼゆる路地の細さは

きみの婚の挙式のために来たりしが一年三ヶ
月も前のこととは

友人代表の挨拶せむと緊張し食べものも酒も
とらず喋りき

スーツ着て汗をかきつる秋の日やおもひいづ
ればきみの緊張も

とりどりの部位の馬刺は盛られたり生姜その
ほかのつまもさやかに

真白なる馬のたてがみ嚙みごたへなきをふし
ぎと長く嚙みたり

もういちど

雪の夜の闇に葉はなほ濃く花はほのと灯りて
椿ありけり

手にすくひわが身にかくる湯のわづか残れば
わづかわが身を濡らす

右でかけ左でかけてぬくめゆく体の足だけを
湯にひたし

頭髪を洗はむと眼《まなこ》とづる人あけたるままの人
まじりをり

寝ころびの湯にひたる夜のわがおもて風ふく
たびに冷えぞ深まる

百キロを超えなむとするわが体しづかに沈め
湯を圧し出だす

風が来てゐるかとかざすひとつ手に力やはら
かく指ひらきあり

島らつきよう嚙みつつビール飲んでゐるビールにも島らつきようにも飽きて

もういちどもういちど体を柔らかくしたいと思ひ体を曲げる

長居

あれこれの姿勢試して寝つけず居り夜行バス
乗りて四時間のころ

＊

たこ焼きと生中でかるい昼の食たのしむわれや大阪に来て

とろとろのたこ焼きはあまき食べ物ぞ口の中
にも息吹きかけて

中川家の漫才に知つたる駅いくつたどりたど
りて京都へいたる

七条の駅ゆ上がればいちめんに光籠れる曇り
空あり

きみが覚えてゐてくれし生麩やはらかな出会
ひの夜の飲み会おもふ

酔つて電話をかけまくることなくなりてつま
りさみしくなるまでは飲まず

呼び捨てに呼びたき何か感情かゆふべの酒の
席はおもふも

新宿でみんなは降りて終点の池袋までひとり乗りたり

照明の落ちたるのちのはなやぎや夜はバーとなるカフェに長居して

モロヘイヤ

だれかれに視力の弱り話しをり右目左目交互にふさぎ

〈豪快〉を冷やでぐんぐん飲んでいく目に効
くやうな透明を信じ

とほく見ること増やさむとおもひ出でて屋上
に見る夏のをはりは

右の目の視力の弱りこの夏の生まれてはじめてのモロヘイヤ

すこしづつみな帰省していくさみしさはもう二十年ずつとのことだ

牛めし

「闇金ウシジマくん」読みふける夜なれば目
は冴えざえと明日を思へり

まとまつた金が入るといふことなし秋のほこりは吸つて息する

雪の夜をむかへにゆきしその人を思ひ出す須崎橋わたるとき

雪を逃れその人を逃れ母を逃れ松屋に食べて
ゐたり　牛めし

うみどりは声にごらせて鳴くものを嗚咽のご
とく聞きて過ぎゆく

秋天

よそものにをかされてしまふといふ気持ちわ
かるなあ朝のひかりを守る

きみが来てきみがなぞつてゆく町をふだんは
なんとも思はないのに

町は体　ゆび這はすごときみは来ていろいろ
のところを歩きたるかな

深いところでつながりたくないといふ気持ち
秋天に恥づかしくなるばかり

ウシジマくんの映画4本を見終はりてなにか
はじまるごときすがしさ

いただきしギフト券三つ売りほどき昼は大盛りのうどんを啜る

天ぷらのさまざまありしイオンなればなくなりてさみし昼のうどんは

母に添ひてパン選びゐる兄弟のおとうとはまだ小さくて黙る

スイミングスクールの帰りに寄りたるかおそろひのバッグ肩にかけつつ

長男のわれを越さむといきごみし母のいきほ
ひ末の子、大翔《ひろと》

土踏まず育てることに励みたりしこの一夏《ひとなつ》へ
ふりかかる雨

かがやける未来ばかりが見えてゐたわけでは
ないとおもふがまばゆ

さみしさの器へ簡単にそそぎこむオールナイ
トニッポンのオードリーの声

みづからの身勝手に人離れゆくここちぞ朝は
陽のもとに起く

はじめはみんなおもしろがつて付き合ふもの
をだんだんとはなれ母もゐません

あんなにも近づきたりしきみでさへはなれて
しまふ今朝とくに水が欲し

人ひとり暮らせるのみに掃き寄せて砂塵毛埃《さぢんもうあい》
うづたかくあり

カット野菜ぶっこんで食べるカップ麺からだ
あたたかく感慨はくる

シーフードヌードル汁まですすりをへたれば
満腹にとどかぬここちよさあり

じゃがりこ

「はやかけん」解約したりデポジットの
５００円戻りうどんは啜る

「じやがりこ」なんて買つてる場合ぢやない
んだが目先の飢ゑはなにより大事

職場には湯を沸かす電化製品ありわれは通へ
り休みのときも

暖房の職場なれども足先の冷たさは椅子にわが正座する

酒に依存し金に依存しコーヒーに依存しネットに依存し人に依存す

売るもののほとんどあらずパソコンも電子レンジも金出して捨つ

簡素なる部屋にせいしんは透き通り自立する

夢あはあはと消ゆ

Ⅱ

刺身パン

生魚のにほひ時折を感じつつ刺身パン食へり
布団のうへに

安売りの刺身につひに手が出せたよろこびに
鰺のたたき味はふ

ただ一枚ありたる紫蘇を挟みしがもつとも深
き味を出だせり

千切りの大根がよき食感をもたらして刺身パンはうましも

隣人

啜り方上手ならねどわが食へばわがこととしてラーメンは良し

紅しやうが溜まるそこひをかき混ぜてラーメンは汁飲み干さむとす

今朝の雪いまだのこれる路地を来てざんざんと風吹き吹くところ

隣りすむ人の誕生日祝ふ音、声は聞こえてアパート揺れる

サプライズといふことならむ家主の声わが知らねども聞こえぬほどに

ハッピーバースデーの合唱の声はそろひつつ
大きく太くなりてをはりつ

合唱ののちをぱらぱらと拍手鳴り息止めて輪
はゆらぎてゐるか

はなやぎの波がときをりおとづれてわが安心
をやすやす搊ふ

高らかに笑へる声をよく通すこの白壁に日々
は染みつつ

ハッピーバースデーわたしが聞いた宵いくつ
たどればそこに生まれるわたし

プラグ挿す音は今宵も聞こえきて同じ高さのロフトに眠る

究極のかにかま

きみをおもへどおもふばかりの春は来てウル
トラライトダウン脱ぎ着す

ボードゲームに真剣の目はわれを向きその苛
立ちも愛しゑ永遠《とは》に

シャリの上《へ》の秋刀魚冷たしきみが手を握りた
ること　度もあらず

タッチパネルに注文をするありさまよ手を伸ばすとは儚き仕草

「究極のかにかま」なれど蟹にあらずかかる接近にきみと過ごしつ

かなしみの尾が夕ぞらにほどけゆく時間尊し
別れの後《のち》は

＊

もう来ないと思ひゐしきみからの返事来て桜
見にいく一人で見にいく

午後晴れてかぜにながるるはなびらのうすき
胸持つきみをしたひき

きみと過ごしし時間一斉に咲くごとく桜はし
ろき弾力を咲く

ヤング

アルコール分解をしつつ昼どきの後ろめたさ
はわれを励ます

知《し》味《み》観《くわん》は「ヤング特盛」　チャーハンの山を
くづしてマーボーと食む

ふるさとに崩《くえ》山《やま》といふ地名あることのしみじ
みと食ふチャーハンの山

厨房に三人《みたり》ひしめくまばゆさよ声は聞こえて
飽かず聞き居り

くれなゐのX JAPANなりひびく腹の中かけ
まはるごとくに

食べものを入れて水飲むひたすらに昨夜《ゆふべ》の酔
ひはさめつつあらむ

三十分の遅刻であればいいはうだと肘を伸ば
してタクシーを喚ぶ

Sunny

博多どんたくの幟はためくひとところ若木の
すゐもまじりてゆれる

三棟ありてそのC棟にわが住みしアパートあり
A棟建て替へられつ

チューリップの花の終はりし花壇にはその葉
のこりぬパンジーは咲く

うしろから来てわれを抜く一片の黄揚羽かかる逢ひ一つあれ

栃の木にくれなゐの花は咲きのぼりいつしやうに身も心もひとつ

曲がり角にサボテンは伸びゐたりけり二階の
屋根に屆かむとして

チャッカマンの火使ひ切らむと海へ来て風に
まじれるうしほ浴びたり

いつの日の墓参のときか買ひたるが引越しの
たびに捨てられずある

ビーチバレーに脛白くして若きらがこゑあげ
てをりわれも若者

母はもう生きてなくてもいいやうな夕光《ゆふかげ》がもうすぐ水路を照らす

松本大洋『Sunny』読む夜のなつかしさどの表情も顔にあらはる

咳いまだ已まざる午後を起き出だし喉へこま
かき水通したり

回数券

いもうととあぢさゐの道あるきたる百合保育
園年長のころ

まひまひの這ふコンクリートの通園路うたごゑ合はせ歩きしものを

ブランコのしたに乾いて砂かぶる回数券ひとつ遺品のごとく

帰つておいでと呼ぶこゑ消えてゆふぐれを回数券であそぶいもうと

いもうとの噂聞くときひとごとのやうに聞きをり見知らぬ顔で

森永商店いもうと連れて父、母、祖母と通ひしところ今にのこれる

焼肉

反省つてしたことがない文庫本に薬丸岳をひとつ読み上ぐ

冷やし中華にしようかといふ母のこゑ耳の奥
より取り出だしたり

雨の夜の肉焼くけむりおもひだすきみとよく
話しわらひし頃の

天窓をあければ風がかよひだすひとりの部屋
のひとりの朝に

カーテンは裾のはうから膨らんですぐまたか
へす吸はるるごとく

ロフトから投げておとせば音となる洗濯物に
われはおどろく

この音が隣の部屋に下の部屋にいかにひびく
とおもへばうれし

四次元ポケットのやうに心ある人体をふらふら揺らし午後の道ゆく

さくらの葉がひたすら闇を深くする六月三日起きて歩けば

シャワー室にスクワットするわが姿大き鏡の
なかを上下す

梅の花咲くごとくゆるくなる乳首スクワット
して腕立て伏せして

改札のまへにおちあふいくたりを集合時間まで眺めたり

集合といふものあまり好きでなしだんだんと気が大きくなるやうな

焼き肉を食べて出づれば薄明かりただよふ路地に夏は来向かふ

二次会は宵のあかるさテーブルを六人せまく囲んで飲んで

何といふ甘いお酒かショットなる飲み方をして喉をくぐらす

音のない部屋に目覚めてもうシャワー浴びましたよつてきみには言はる

添ひ寝とふ時間かつてのわれにありおとうと
たちのかすかな寝息

背伸びするきみのおなかの臍までは見えずに
うすき毛は拝みたり

水ある？　つてきいて水道水もらふぬるい水
道水へんな味のする

朝食べるものがなにか出てくれば好きになる
なあと思へど言はず

鳥の声ときをりきけば休日のやうな気がして
いつまでもゐたい

ねむりゐるひとりの眠り待ちながらゆふべの
ことは話さずにゐる

壁に背をもたせて話すまだひとり寝てゐるそばでもう昼になる

明けがたにいちど目覚めてゐたことは言はないでおく　まぶしい部屋だ

なくなつてしまふ気持ちも咲くまへは莟だつ
たとおもへば尊《たふと》

謝つてしまつてはだめ渇きたる口は閉ざして
ああ風のなか

球場のはうからは何も聞こえないブルペンに
人のかよふ影なし

野球してゐたころの午後の砂埃ここまで飛ん
で涙目になる

はじめて見ましたよ泥酔と言はれながら六月
の朝、駅まで歩く

寝起きのはうがいい顔をしてゐるふたり深緑
のかげゆらめくなかに

球場のはたをとほればかけ声は端然としてわれを歩ます

自転車に乗りたるひとり歩くふたり並んでゆけば駅が近づく

話したことも聞いたことも皆忘れたり時間と
いふものがかへつてこない

寿司その他

〈三岳〉飲みながら熊本から帰るバスの車内の
暗きがなかを

プラスチックのうすきコップにぽこぽこと注げばかをる〈三岳〉の濃さが

大雨のつづけるなかに氾濫をしさうな樋井川室見川あり

川のキャンプに溺れたること一度あり足のつかない暮らしは今も

溺れたるあとの川辺にしやがみこみ母の水切りの石は見てゐつ

使ひどころ見つけえざりしマヨネーズ　唐揚定食の皿に残りぬ

満腹になるまで食べる食毎にわが健康はうしなはれゐむ

好きなもの食べていいとはをぢさんもをばさんも言ひき帰省のたびに

逃げようとするわがことをひきとめてしかしつかまずゆゑに従ふ

付合せのキャベツのサラダごまだれのかかつたサラダ　寿司にサラダか

ぬるい寿司腹へおとしてかすかある酢飯のにほひ夏を濃くする

台風の前夜いきほひて飲む酒のマッコリは思ひ出の味がする

ペペロンチーノ食べたるのちのその汁につけてつやつやの握り飯よし

自分だけが自分こそが不幸だといふ気持ちいづこより湧く坂のごとくに

怒りあるときは念じて鎮静をはかれることの近ごろ多し

〈川辺〉飲むこころにささやかにひびく桜島
大根の味噌漬けの味

飲み会の店ゆ出づれば寿司を売る店の灯りや
宵に浮かべる

並ひとつたのめば愉し今ここに食べる十個の
寿司のつやめき

ゆらゆら

カウンターのお客さんに目でうつたへておづおづ入るけふの居酒屋

職場前にあれども長く入らざる居酒屋「かいせん」小さきにぎはひ

串焼きをじつぽんばかり頼みをへてゆつくり飲めばひとつづつ来る

ロックグラスに居のこる氷ゆらゆらと白き冷
気はのぼりやまずも

さばの塩焼き今宵はながく耄りつつ極めてゐ
たり一人のわれを

ジョンダリ

目がかわくまで風を浴びゐたりけり大島の崎
のあをくさのうへ

そとうみの風のつよさにからまれて汗はかわけり一日分の

きみと二人で来たかつたなあ風からむ丘に並んでなにも話さず

蟬の声ひたすらをきく風のなかひとすぢの汐
の香がとどきたり

丘のうへに回る風車よしほかぜに汗はかわき
ぬかわけば残る

波に触れ波よりもどるきみのことをとほくに
見れば夏のゆふぐれ

おほきなる炊飯器ひとつからにして七人いを
をよろこび食べつ

砂浜に飲む缶ビール砂浜に小池光のうたを書きつつ

ひろひたる棒に書きゆくうたひとつ砂にたしかな力を感ず

蟬のこゑもうせずなりて風の音ひたすらきけば夜が更けていく

酔つぱらつて眠れず飲んでゐる夜更け玄関のかぜに吹かれつつをり

ジョンダリといふ名前らしい台風が東から西
へ攻めてくる頃

ウリ坊をいくたび見たる島の夜を思ひ出だせ
ばきみの表情

手花火

アルコールのごときが体に残りゐてときどき
われを愉しくさせる

夕涼の小公園に来《きた》れれば鳴きおこされていく
蟬のこゑ

うつすらと届きはじめしその声が蟬となるま
でわが立ち尽くす

サンダルにはつか入りし砂のつぶ振り落とし
つつバスに乗りたり

夏の陽をすかしてをりしさくら葉のひとつひ
とつが身を閉ぢていく

赤間駅に夕焼けを見て帰りなむホームに立てばさみしさが来る

鉄板にこびりつきたる豚エッグ引き剝がしつつ飲むハイボール

店員さんの茶髪なりしが黒髪になりたること
もさびしとて飲む

七年がはどを通へる居酒屋にいまだ残れる若
者ふたり

音立てて運ばれきたる定食の丸腸鉄板けむり
を曳きて

夏宵の路地をあるけばうつすらと百日紅咲く
一角に出づ

家のまへに手花火をするをさなごありそのか
たはらに一人の大人

ぢぢぢぢ　かすか聞こゆる手花火の音こそ良
けれ一ツなれども

しばらくのあひだ流せばぬるくなる水よお盆
の夜をもどり来て

ごりごりと音立てながら脱水をしてゐる洗濯
機、夜の戸外に

親指の傷をかばへば右の手が髪を洗へりつたなきものを

家にひとつの家の味あるかなしみをお盆が来ればおもひ出だしぬ

Ⅲ

ボウリング

１５ポンドのボールをぐっと引き上げてきみ
の姿を見失ひたり

重くないんですかとか似合ってますよとか言
はれて１５ポンドを放つ

いつしんに視線あつめて熱くなる鉄板のうへ
のわれは肉塊

投げをへしいきほひのままに寝ころべば視線
の先にピンが吹き跳ぶ

へらへらしながらきみと交代す光のなかへき
みが出ていく

ぴかぴかの床をすべつて真つ直ぐに進みし球
がピンを残しつ

ひらり

金属を削るがごとき音はして二度寝の朝の床をひびかふ

郵便のバイクが角を曲がらむと息つめるごとき音をしてをり

蟬のこゑたえてしづかな秋のあさ人は生き生く音立てながら

息の根か、はた息の音かとまりたるまま八年
が経つてしまへり

秋の道をひらり歩けば鳴る風のつめたさここ
に暮らしてゐます

ももいろの頰

犬の糞ふまずなりたる夕どきは白川に添ふしづかな歩み

藤枝さんのTシャツを着て歩むかな秋のゆふ
ひが川にながれて

なつの雲いまだ残れる空が見ゆうすももいろ
の頰あるごとく

白川のはたに白川小あれば色とりどりの登り棒見つ

川の流れにさかからひながらあるくときだんだん鳥の声がなくなる

橋が来るてまへの坂がぐつ、とくるのぼりつめたる人の横顔

思ひつめて腕をつかめば風と同じくらゐ冷たく　すこし寒いな

衣

着替へたるばかりのシャツは唐揚げの衣に濡れて秋のすずしさ

開栓

三枚の書類をかいて印鑑を六ヶ所つけばガス
とほりたり

自分以外の緊急連絡先がいる書類いちまいさびしきろかも

ユニットバスに秋のあかるさ差し込んで何年ぶりかガスの湯を浴ぶ

家にガスとほりて完成するごとし体やすめる
家といふもの

川べりに陽はひるがへり動悸してわれは歩め
り柳のごとく

とほくなる秋のみ空も口あけてわらふその声
もくれなゐもえて

きみが何でもわかつてくれてゐることを大切
に秋の川辺を歩く

くれなゐがしだいに深くなるやうにきみと過
ごしつ一年ちよつと

秋のことおもひはじめて木々の葉が色づきを
へるまで、長かつた

二股の川のわかれめあらはれて夕陽のなかに
川幅ひかる

コスモスの川辺に鳩のあゆみあり時折羽をひ
らいてとんで

那珂川と博多川とに分かれゆくたもとにひとつ高灯籠あり

魚市場帽子屋餅屋瓦屋時計舗銃砲火薬の牛尾協賛の塔

川べりに歩道とだえて神妙な距離は保てり川
に沿はむと

夕風に柳ふくらむ川べりを人恋ふるこころ揺
らしてあるく

学ランの下の薄着をぶるぶるとふるはせなが
ら高校生だつた

二軒目はひとり飲む酒、里芋の唐揚げ酢牡蠣
を〈三岳〉ロックで

入り口の開けつ放しの戸口より秋のかぜ秋の
にぎはひ入り来

Aqua Timez聞きつつ飲めば還らざる日々濃く
浮かぶひとつこころに

秋の夜の塩煎りぎんなんいつまでもきみを思
へり殻のうちから

くちびるにあたる氷のつめたさをみづ飲みほ
しつながくあぢはふ

たくさん

〈かつ心〉にカツ膳ジャンボ食べながらかなしい話ひとつ聞きたり

つらいときこころに浮かぶひときれのトンカツあらむけふのトンカツ

さいごだから張り切つて食べたトンカツと思ひ出すのは嫌だな、ちがふ

もう何も言へなくなつてひたすらにご飯を詰める胸の奥から

お替りのごはんの量は「たくさん」と答へたりたくさんたくさん食べる

千切りのキャベツを噛んでいくうちに思ひ出すこと、二年が経つた

食べたもの食べた夜そのきらめきが冬の真闇にともしびのごと

黙々とご飯三杯を食べをへつごはんで胸をいっぱいにする

TSUBAKI

白いタオルの湯に来てわれのみが持てる赤き
タオルのいやしきことは

朝の湯に若きあり老いあり中年あり少年をらず青年少な

夜のフェリーに疲れしからだ開きつつ白くもれる浴室あふぐ

天井の結露一粒《いちりふ》おちきたる湯のおもて　ピン
と音はいづるも

備へ置きのシャンプーはＴＳＵＢＡＫＩ紅の
ボトルがふたつ光りつつ立つ

つやつやの髪あらはれてうれしもよ水で流せば鏡がうつす

使ひをへし湯桶と椅子を洗ふときわがおもひ出すひと夏はあり

湯より戻れば小窓に夜はあけそめて一人道後
の茶をすすりたり

お替はりのお茶をもらつて一つづつ三色食べ
つ坊つちやん団子

漱石が来たりし二十八歳の松山おもふわれも
来たりて

温泉にぬくもりたりしわが体しまれる朝の松
山をゆく

早々とわれは来たりて新郎の父なる人とあひつはなしつ

おめでたうございますの一言が出なかつた結婚のひとのその父親に

さいふのうどん

さいふうどんはえび天とり天いんげんをたのんで待てり師走晦日《つごもり》

さいふうどん胃に沁みわたる冬晴れの甃《しきみち》を来てながくあぢはふ

素うどんのうまきうどんぞトッピングの天ぷらは天ぷらのままたうべたり

十二月三十一日の風ぬけてうどんがうまい、
いんげんがあまい

えび天のためにたのみたりまつさらのう
どんの麺のかがやき

こゑとほるせまきお店に席つめてすすりすすりぬ宰府のうどん

まはるまはる葱の小口の輪をくぐるさいふうどんのつゆのみほせり

会ふ人会ふ人によいお年をと言ってうかれてる湯冷めのごとしうどんのあとは

手水舎のみづのたまりを揺れながら亀のかたちの石すきとほる

＊

大祓《おほはらへ》をへたる師走晦日は風のつめたさ　きみ
とおちあふ

いちどにど往復をして選びたる三つの店に列は成りつつ

大玉のたこ焼きふたり分けあつて藍ふかくなる夜となるまで

豚バラは大きなる串わらふやうに大きく口を
開けて食べたり

暮れのこる境内に灯りともりつつ夜の出店の
にぎはひとなる

牛すぢの煮込みは味噌としやうゆありしやう
ゆピリ辛ふたりで分けつ

塩辛い汁を交互に飲みながらかういふ夜が欲
しかつたんだ

自分のことばかり話して、埋まらないやうに
隙間が話しつづけつ

雪が降りはじめるやうに別れたり乗り換への
駅の改札のまへ

Ⅳ

梅が枝

モトくんゐてタツちやんゐてマコちやんノリくんゐたひとつ暮らしの家をおもへり

屋上へ干しにゆかむと掛け布団敷き布団あた
まに載せてはこびき

気配なく降りつづけたる冬の雨あがりし午後
を出掛けてゆきぬ

小学校のさくらもみぢ葉つひにつひに散つてしまつて寒空の下《もと》
ぼそぼそと眠りのこれるわが体立たせて午後の職場へむかふ

梅が枝《え》の鋭さに花が添ふやうなひとつ日向が
われをくるめる

冬のはだへに陽がさしてゐてあたたかい　そ
んな日のために生きし頃あり

もちみそ汁

正月に餅たべることとうしなひぬひとつ暮らし
のひとりの部屋に

餅搗いて食べて飾りてさいごにはみそ汁にと
かし食べたるものを

一月も終はらむころの餅とかしもちみそ汁は
仄かに苦し

白菜と餅のみそ汁かきこんで朝のすきまを食べてゐたりき

うなぎ

壁向いて寝てゐるきみの息のおとわが拍動に
合はせつつ聞く

起こさないやうにロフトをくだるときたちまち起きてきみが振り向く

乾いてゐるバスタオルなく買ひに行くぼんやりしてて、ってきみには言って

人ふたりシャワー浴ぶればうつすらとたまりたる毛のさみしくもあるか

バスタオルたたたんで頭に載せてゐるきみになんにも話しかけない

上着わすれて財布わすれて靴下をわすれてきみがロフトへかへる

昼を来て中洲、川端、柳辺の店の二階に待つ鰻かな

うな重とうな丼のちがひはなんだらう二人話
して結論は出ず

きみはうな丼ぼくはうな重むきあつて食べる
柳の窓を見ながら

箸でつかめばくづれさうなる鰻の身ふかくすくひてタレにひたしぬ

信号を4つ渡つて折りかへすお櫛田さんに連れて行かむと

来てみればお多福くぐりのにぎはひに立ち止まりたり二人だまつて

お多福の口をくぐつて石段をのぼりぬ少し頭を下げた

なんとなくつづく鳥居をくぐり出す財布から
小銭取り出しながら

ぼくが大きくきくきみが小さく鳴らしたる鈴のお
とまじるなかを拝みつ

博多駅の屋上に来て風のなかをひろく重なる
ふたつの視野が

このまずつと風が吹けばいいとおもつた二
人でとほく見る博多湾

手を振らうとあげる間もなく発車せり宮崎行きのバスのあをさが

置き去りになつた気持ちを裂きながらエスカレーターのぼるひたすら

なんとなく避けてゐたけど浅野いにお『ソラニン』読んで泣いてしまつた

飲みかけの梅酒、食べかけのポップコーンひとりの夜のロフトに残る

ガオー

ハンバーガーは二五〇円焼きそばは五五〇円
焼くおとがする

プラスチックのパックぱんぱんの焼きそばを
両手で持つて運ぶたのしさ

雲うすくひろがりながら冷えていく遊園地ふ
たり並んで歩く

長友に無理言って一緒に乗りたりし恐竜コースター「ＧＡＯ」うれしも

恐竜の背をすべりつつ長友が死にさうな顔してゐる二月

筑後川わたす鉄橋のそのあひを黙つて過ぎて
また話し出す

西鉄の改札まできみを見送つて別れたけれど
行く先がない

とりあへずエスカレーターあがつたがもうあがれないところまで来つ

いつよりか「三井」はとれてうつすらとグリーンランドはおもひこしかな

長友と別れて何も手がつかず特から弁当買って帰りぬ

ぽんぽん

春の日の多重債務者ぽんぽんと菜のはなは花
を頭に載せて

おにぎりを箸で食べゆくさみしさは何だらう
母と九年を会はず

菜の花の丈すんすんと伸びていく二月をはり
の晴れのまなかを

小学校の桜にしろき花咲かむ季節のことをおもひかへしつ

春が来る真つ向勝負の春なればすんすん行かむ菜の花のこころで

大水槽

マリンワールド何年ぶりか来てみればしんしんとコンクリートの堂宇

ゆふべよりつづきし雨はつひに止み風のイル
カのジャンプ高しも

屋外のベンチにホットカーペット貼られてゐ
たるところより見つ

イルカショーのうしろに海がよこたはるこま
ごましき波がひかりをかへし

冬のをはりの糸引く雨のゆらゆらと海月うか
めり暗闇のなか

アカハチハゼ通過するときたちまちに穴に引
つ込むチンアナゴたち

とげとげの棘こそ身なれ黄土色の雲丹は卵巣
を食べるものかな

一篇の映画をみたるここちして大水槽に餌やり了はる

ひるがへりをりかへしよぎり泳ぎいくアザラシ見ればたのしかりけり

ざれあひて二頭のらつこ絡まれるひとつ水槽
をしばらく見ゐつ

銀皿

手のひらにまめを作って持ちたりし学生鞄は
高校のころ

「フルーツセンターいなだ」いまだも残りゐて生活用品などを売る店

銀皿に食へばなつかし外食の「都一」にも「銀座」にもありて食べにき

具雑煮の「銀座」は店を閉ざしたり去年の暮れの書置き提げて

春の夜の路にこぼれてこだまする読経のこゑを過りてゆくも

さくらの道を

缶ビール置いて出かける夜のみちまだあたたかいさくらの道を

バス停のあかりが夜もついてゐる弥生二丁目
みづのにほひの

うらわかき爪をはがしてさんぐわつの風があ
づかるさくら花びら

行くやうに帰るやうに選ぶ夜のみち指の先まであたたかくなる

春の鍋

ちくわ、キャベツ、こんにやく、人参、玉ねぎに鯖のはひつた鍋をわけあふ

掘り返すやうにお玉をさしこめば新しい具が
出でてきたりぬ

母とゐた暮らしのなかに鍋といふものあらざ
りきおもひおもへど

正月にもどる家なきいくたりと興奮をしてすき焼き食べつ

大晦日の夜のすき焼き　ぎんいろの鍋に砂糖が盛られてゐたり

あぢはつて食べるのは具ぢやないやうな、し
めりのなかにおもひだすこと

居候の家にをりをりの夜ふたり土鍋かこんで
ああ食べたりし

あをい土鍋の蓋の重さをうらがへし見ればたまりぬ露のさみしさ

会ふことのなくなりしきみとからみあふごとく過ごしき学生のころ

ぎつしりと鍋につまつて存在はもやしのから
みあふすくひたり

夕どきの霧雨をすこし眠りたりそのあひにき
みが買ひたる具材

鍋の日は湯気にひたひをくもらせてひとつの
卓をかこむものかな

部屋干しの服のしめりにまじりつつ鍋のしめ
りが部屋をみたせり

鍋の具になりさうなものローソンでかたつぱしから買つてきた、つて

はにかみや、つて自分で言つてわらひゐるきみのはにかみ　こつちを向いて

このふつか剃らずにゐたる髯の頰さするとも
なく感じてゐたり

つごもりの卯月の夜の日本酒はちひさなはう
の瓶まづあける

一日の疲れを喉に集めたりそれをひといきに
酒でながして

春のをはりのつつじの花をくたしつつ雨ふり
そそぐ夜のしじまも

傘差して帰りきたれどびしやびしやのウルトラライトダウンおもたし

おほまかに浚ひをへたる鍋のなか大量のうどんが投入されつ

菜箸ではぐしお玉で汁かけて大量のうどんほぐしゆくなり

わらつちやふくらゐおほきな鍋のあとふたたびわらふうどんの量に

部屋の横幅にわたせる干しものの暗がりにきみが寝ころんでゐる

霧はれてゆくやうに喉すきとほるひとつの夜をわらひあひたり

ひらかない

外は雨冷えながら降るはつなつの路のおもて
をたたくともなく

幸せがとびこんでくる　メッセージカードの
裏に花ことばあり

殴らなくなつたなあ人を恋ひながら結ぶ拳が
なにもつかまず

一口目食べて飽きつつ大盛りのバジルパスタ
は休まずに食ふ

引き摺られ巻き込まれしてぐちゃぐちゃにな
りたる雨の音は聞こゆも

マッチの火移してともす煙草の火ふたつ隣の
席より見詰む

息吸へばともる煙草の先端に火はふくらめる
ごとくに点る

暴力はすなはち人をかたくするたつた一度の
暴力なれど

かたくなつてしまひし人は開かない、莟ぢや
ない、もうわたしの前に

よこがほに目尻の細さくつきりとおもひ出だ
しぬわらふ表情

夕方になつて明るくなつていく雨の一日のあ
め降りのこる

麺といふよりも油を食べてゐるやうなここち
に食べをはりたり

みづからの気持ちにきづいていくときの真つ
直ぐ立つてゐる太い虹

お前もお前もかたくなれよと希ひつつ殴りゐし頃のわれかたかりき

開かない力をひらかせるやうな無謀をあるいは暴力と呼ぶ

あかねさす夕雲の列ながめをり武田メガネの
看板のうへ

左の窓の夕焼けを見てゐるあひだ消えてしま
ひぬ右の窓の虹

ひとの煙が吸ひたい夜だうすぐもる焼き鳥屋
とか入つて飲んで

雨の夜のやげん軟骨マヨネーズつけて唐揚げ
を嚙みしだきたり

従順

足の爪剝がしあてたるよろこびや爪の付け根
に血は滲み出づ

剝がしたる爪のちからを折り曲げて指にあそべりふたたびみたび

昼どきの葉裏に垂れて辛夷の実あわ吹くごとしそのうすみどり

蓮池の土掻きにごし十まりの亀がふらつく真昼ひとときき

空腹をはつかおぼえて取り出だす昨日もらひし〈かすたどん〉ひとつ

ときをりの水面ゆらしてアメンボがかへすこ
とあり光ひとかけ

蓮の葉はうちかさなりて広がれり真下にし濃
き闇をあたへて

アイスコーヒーよりも紅茶を選ぶこと増えて
今年の夏は来向かふ

入金のあてはなけれど銀行を見つけたるとき
われ入りをり

海沿ひの都市高速の高架橋ほそき柱が支へてゐるも

遠くまで行ける道路を眺めをりちひさくおそくトラックが往く

夜になるまでが長くてあふぐときひかるともなし上弦の月

塩昆布和へしゴーヤのほろほろと思ひ出せないことがいつぱい

夏の夜の紫紺は深しみづふふむ茄子の揚げ浸
しのやはらかく食む

いつの日の集合写真あぢさゐの球が濃闇《のうあん》に浮
かびてゐたり

サンダルに指は冷たくかわきをり従順はつひにかなしき仕草

つぼみまだひらかぬままのアガパンサス路のほとりに茎を伸ばせり

V

白桃

ひとり母に父の四人が一人づつ子を生ましめ
てわれら兄弟

アイスの実〈白桃〉のひとつぶひとつぶにまじりてゐたる桃の汁あはれ

はつなつのよべよりつづく雨のすぢ太くなりつつ晴れあがりたり

アガパンサスの花を散らして降りたりし入梅のまへの雨のかそけさ

窃盗の父をむかへに行きしとき橋の往来に雪ながれをり

雪の日の父の車の助手席にはなやぎゐたり小
学一年のころ

籠いつぱいの蜜柑とどきて冬ぢゆうを食べて
凌ぎしこともありたり

包丁にいろいろの切り方剝き方をためせば蜜
柑のひと冬が過ぐ

子を宝ならしむるは親の業《わざ》なりと彫《ゑ》る碑《いしぶみ》も古
びたるかな

あぢさゐの路をあゆめばおもひだす花咲くご
とく球成るごとく

紫陽花ははじめからそこにあつたのに咲いた
ときだけがあぢさゐの露

父の日と言ふときにおもふ父の顔ひとつもあらずわれは忘れて

甘鯛のフライひたして雨の夜のウスターソースは口がおぼゆも

千切りのキャベツにかけて豚カツにかけて目
玉焼きにもかけて食ひしよ

たのみたる肉焼けていく網の上《へ》のかぎろひの
町の雨もゆらげる

反りかへる傘をもどして歩き出すなにごとも
なかりしごとき顔して

けはひして身をちぢむれば影ゆきて黒き揚羽
の体《たい》がさまよふ

口の渇きが喉へおよんでいくときの朝たれの
手かわれを絞りぬ

叔母さん

吐き出してしまへば楽になるやうな宵の大路
が蟬声を吐く

飲みに来て聞く低きこゑ　かかはらず聞く注
文をとる声やさし

天ぷらの熱気あつれば手の甲のやはらぐごと
しひとひを解かれ

家ぢやしきらんもんねえ、店に来て食べる天ぷらのやはき歯ごたへ

叔母に叱られてしをれし母の背のひとりのゆふべ思ひ出だしぬ

まづしさの母が買ひたる真つ赤なるリュック
サックわがために、ちひさき

三百円のリュックサック買へばそんなんぢや
なんにも入らないと叔母はいかりぬ

どうしてかういふときにちやんとしたものを
買つてやらないのかと叔母は

あらためて買ひに出かける母の背を見てはい
けないやうな気がした

叔母の言ふ母のいびきをわが聞かずかなしかりにきひとつの家に

夏の日の母と行きたる墓の辺に樒は折りてそなへしものを

母の背を超したるはいつ超しながら母の背に
つく夏のまばゆさ

ああ叔母はばかにするけどわれにわが母ひと
りありひとりありけり

ありながら、なきごとき母とおもふとき夏は
百日紅のちさき花

卵かけご飯

味付きのとろろをいひに合はせ食ふ牛タンを
出す昼の飯屋に

薄切りのタンのいくひらかがよへる白き皿の
上《へ》にうちかさなりて

いきあたる麦の感触ほろほろと泣きたるのち
のごとく匂へり

コールスローすくひづらくて何べんも箸をかざしぬこころを定め

いつよりかまぜずなりたり卵かけご飯のいひと卵の汁は

卵かけご飯が醤油の味だつたごはんの時間しあはせだつた

さいはひはつね背後より来るといふ小池光よ岡井隆よ

おもひでのうすくなりたる夕ぞらに満腹のご
ときさびしさが来る

緑地帯

りんご飴買ひたる店は座られず歩いてさがす

新宿公園

とほまはりしながら寄つてくる鳩をときどき
散らす座りたるまま

つつじヶ丘の駅で追ひこす準急やひとの減り
たる車中に待てり

降りさうな雨がおりたら降つてゐて小道の夜
のきみにしたがふ

折りたたみの傘なれば浅き傘のしたふたつあ
たまを寄せて歩きぬ

細き道ぬけたるときにいきいきときみが暮らせる町の話は

息を吹きかへすやうなるきみの目のこれは野川とをしへてくれる

雨の夜のすき家ラジオにリクエストされてリンダリンダ流れる

〈ゆ〉の文字《もんじ》赤くひかりてそれのみの看板は見ゆのぞきこむとき

あれだよあれまちがひないとはしやぎながら
入り口に来れば湯のかをりせり

「明日は定休日」の札かかる入り口のドアの
半開き押して入りぬ

傘立てに傘、靴箱に靴しまひ二つの鍵を受付
に出す

湯あがりの４番５番６番がコーヒー牛乳　４
を押したり

湯につかるうちにあがりし雨ならむ涼しいね
えと言ひながら歩く

もう寒いくらゐですよときみが言ふ秋やねと
やれば夏ですと来る

遠回りになるけれど酒を買ひたしてふたつの
缶の重さうれしも

包まれてあるく夜道に長い缶、短い缶のぶつ
かりあはず

しづかなる寮の廊下のま白なるなかにつづけ
り青き扉が

電話口に聞きたりし夜の道のおと今日の窓辺
にわれ聞こえたり

とろとろのビールをすする　冷蔵庫のパッキンのくろき黴を見つめる

時に楔を打ち込むやうにきみが吸ふ煙草のいくつだらう夜は更けて

もういいですと言はれしものをまだあるよま
だあるよつて話さむとする

ぎしぎしと嚙んで減らないポップコーンもう
明けさうな夜の居室に

部屋の外《と》にほしてゐたりし傘ふたつ起きて出づればたたまれてあり

水を買ふだけのつもりが歩き出してしまつて離れていくきみの部屋

神《じん》代《だい》湯のまへを通れば当然のごとく「本日定休」とあり

もうひとつ先で曲がるんだつたかなゆふべの道をたどりなほして

どこまでがいいことなのかスリッパを借りて
しづかに二階へあがる

昼暗く食堂にひとの姿あり見るともなしに見
つつ過ぎれば

きみがまだ寝てゐて暗き部屋に入ればおはや
うございますと声は聞きたり

タオルケットの夏が毛布の秋になる寮の暮ら
しのなかの折り目は

ひとりきりの肩いからせてだれもみなぢりぢりとせし寮の日々あり

敷きつぱなしの布団のうへのものよけて眠りしきみもきみもひとりで

しかしでも孤児とはなにか湿りある布団に顔
を伏せて息する

あきらめて溺れるときの音もなく呑み込む水
のやうに暮らしは

階下より湧くごとく鳴る蟬のこゑその凄きおと長くつづかず

ハンドタオル垂りたるに触れ一晩のあはひに失せし湿りおもほゆ

タオル干すところあるかとたづぬれば屋上も
ありますよつてきみは

泣きながら入りし寮のをりをりに登りたりし
よ屋上に風

足の指冷えたるときにもういちど毛布かぶりて眠りなほしぬ

十一年暮らしし寮もあをくさの畳なりにき入ればにほふ

まだみんな寝てゐる夜更けおこしたる炬燵に
受験勉強したりき

いきほひて鳴きはじめたる蟬のこゑうすぐら
き畳の部屋にとどきぬ

立て掛けてあるふたつ傘とりこんでわが長き傘もちて出でたり

眠りゐるときの平らな関係をやすらぎのごとく眠りし日あり

刈られたる草のにほひの川べりを対岸に来て
歩みゆくなり

欄干に身をのりだして見るときに大き鮒をり
口を広げて

並びゐるふたつの鮒の大きさが川のにごりの
なかを動かず

そしてここがなんとか緑地帯なんですよ、っ
てなんだつたかなきみが言ひしは

ビーズ

ベランダに置きたるゆゐか引き継いで七年余
りの洗濯機逝く

新聞のためにもらひし洗剤の一箱つひにから
となりたり

こはれたる洗濯機むりに動かしてあやしき音
をたてつづけをり

叩いてももとに戻らずつよく押してみたれど
こたへなく雨降れり

昼過ぎのおもたき身体したがはせシャワー浴
びせて服をきさせる

ひとの家ならば気になる暗がりをみづからの
部屋に気にしつつをり

リンガーハット歩いていつてまだあるか冷や
しちやんぽん食べたくなりぬ

二十九にならむとしつつ善人と信じゐし日の
われひるがへる

ひびかない鐘をなぐつて痛くなる素手のごと
しよわれの若さは

音たててとまる洗濯機のそばへ駆け寄るとき
も雨強くなる

台風はいまどのあたり予報円見るすべもなく
おもひおもひつ

洗濯剤〈ビーズ〉のあまき残り香が空き箱の
なかにただよひにけり

同郷のひとなれば話す身辺のむかしのことを
さらさら流す

もうきつと会ふことのないそのひとの名刺が
午後のポケットに出づ

通ひゐし店がつぶれていくこともかなしから
めや行かずをはりぬ

暗がりの家ぬちに湿り除くかぜ吹き流しつつ
しづもるわれは

湿り除くかぜに冷えゆくわがからだ頭のはう
が熱を持ちをり

また鳴つてゐる洗濯機かけよるといふほども
なく歩み寄りたり

大学を出たら地元へ帰るひと洗濯機ひとつゆ
づりくれしが

いま音をたてて苦しむそばへ寄り母の最期も
見るのだらうか

洗ひばかりくりかへす洗濯機を見れば文句の
ひとつも浮かばずなりぬ

函

大学を出るときにゆづりそれきりの高木貞治
『初等整数論講義』

一九七一年の版のまま今に残れる函入りの本

分かるところばかりを撫でていくやうな遊び
があつてもいいのだけれど

おもしろい

きみに傘かぶさるやうに手をのばす台風前夜
たかぶるなかを

雨はまだそんなに降つてゐないけどをそはり
ながら店までの道

人ひとりはねとばされし十字路にパトカーの
灯の照らす雨あり

遅れくるみたりを待たず飲みはじめあつとい
ふ間に六人揃ふ

たのみゐしものすこしづつ出てきたりひとつ
七輪をかこむ焼肉

三人くらゐは食べるだらうといふ判断にライス小来る三人で食ふ

エアコンの風がおしやるけむりかな焼肉のにほひ煙草のにほひ

信号のかはるころには次の店おのづから決まりしたがひ歩く

カラオケにお金かかれば何曲かたのみてどれもわが知らぬうた

乾きものまで届かない手がおもきジョッキを
つかみハイボール飲む

商店街すこし歩いて別れたりふたたびみたび
振り返りつつ

とほくから呼ぶ声がする振り向けば傘もささずにきみがわらつて

雨に濡れながら帰つておもしろい夜もあつたな身体熱くて

滴り

二割引ばかりを選びそろへたる夕餉のなかに
缶ビール置く

立冬の日の居室にて床に立つスーパードライのアルミ缶の影

台所から床に射す蛍光の灯りに缶の影はのびつつ

照明のあらざる部屋にめぐりより明かりをとりて読む夜の本

植本一子のこまかき文字をひろふときビールの影を脇にずらしぬ

電気くらゐつけんねといふ声がする病気にな
るばい、つて誰の声が

けふはもう何も読めないといふ日さへ飢餓感
ありて「こち亀」など読む

眠らむとして聞くときぞたのしきはオールナイトニッポンたちまち眠る

逆さまに立てて据ゑ置く空の缶ふつかあまりを滴りのこす

後書

二〇一八年、二〇一九年に制作したものを中心に、五五〇首を選んで並べた。食べることがとにかく楽しみである。また、食べることをとおして、人と関わることが多かった。食べること抜きに人生というものを考えることはできない。刊行にあたっては、『温泉』につづき現代短歌社の真野少氏にいっさいをお世話になった。御礼申し上げる。

二〇二一年一〇月一八日、山下翔。

歌集　meal

二〇二一年十二月二十五日　第一刷発行

著　者　山下　翔
発行人　真野　少
発行所　現代短歌社
〒六〇四-八二一二
京都市中京区六角町三五七-四
三本木書院内
電話　〇七五-二五六-八八七二

装　丁　花山周子
印　刷　創栄図書印刷
定　価　二二〇〇円（税込）

ISBN978-4-86534-387-8 C0092 ¥2000E

gift10叢書 第41篇
この本の売上の10％は
全国コミュニティ財団協会を通じ、
明日のよりよい社会のために
役立てられます

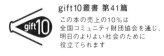